Eine Frau begegnet auf dem Bahnsteig jemandem, mit dem sie vor Jahren um Mitternacht auf dem Meer die Hektik der Welt verließ, zu dem sie an Land aber keine Verbindung besitzt. Eine andere verlobt sich Hals über Kopf mit einem ihr beinahe Unbekannten und stellt Jahre später fest, dass sie trotz aller Liebe seinen Ring nicht mehr trägt. Eine Wohngemeinschaft verliert sich in alltäglichen Kleinigkeiten bis hin zu emotionaler Teilnahmslosigkeit.

Die Figuren von Nicole Banik haben eines gemeinsam: sie lieben und hoffen und folgen voll mutiger Überzeugung ihren Sehnsüchten, bis sie in einer Rückblende gefangen feststellen, dass gewünschtes und tatsächliches Leben irgendwann begannen sich zu unterscheiden.

NICOLE BANIK

12 Sekunden

ERZÄHLUNGEN

Herstellung und Verlag:
BoD - Books on Demand, Norderstedt
ISBN 978-3-7347-3820-3

Es gibt Autoren, die Dramen und Novellen schreiben; und in diesen Dramen und Novellen sprechen sie den Figuren Gefühle und Ideen zu, die in der Lage sind, ihnen ein eigenes Leben zu geben, und oftmals entrüsten sich die Autoren, wenn man diese für ihre eigenen Gefühle oder ihre eigenen Ideen hält. Die Substanz ist hier dieselbe, obschon die Form eine andere ist.

Fernando Pessoa

Antonio Mora et al. - Die Rückkehr der Götter

Erinnerungen an den Meister Caeiro

2006 Ammann Verlag, 8

Vorbemerkung

Ich habe mich oft gefragt, was aus zwei Menschen wird, die einander für wenige Augenblicke begegnen, um sich dann für immer wieder aus den Augen zu verlieren. Ich frage mich, ob unsere kleinen Gesten, wie die eines Lächelns, andere Menschen so beeinflussen, wie der Flügelschlag eines Schmetterlings einen Taifun auslösen kann. Ist es möglich, eine Freundschaft oder die Liebe ebenso mit einem Lächeln zu retten, wie ein Wort sie zerstören kann? Lassen sich die Fehler, die wir in den Herzen anderer begehen, von uns irgendwie wieder überschreiben?

Wenn wir einander begegnen könnten, wie wir es wollten, ohne die Regeln und Grenzen, die wir Anstand, Höflichkeit, Scham oder Angst nennen, wäre die Welt unsere. Es lohnt sich, es an jedem Tag neu zu versuchen, wenigstens für einen kleinen Moment oder nur diesen einen anderen Menschen.

Denn was wäre, wenn?

Paradies

Jaitschak geht ein kleines Stück die Hauswand entlang. Er zählt die roten Ziegel ab und murmelt vor sich hin.

„Was sagst du?", ruft Sara hinter ihm. Jaitschak geht weiter einen Schritt nach dem anderen, zählt lauter, so dass sie es hört: „27, 28, 29, 30, ...", - „Was soll das, Jaitschak? Ich hatte dir eine Frage gestellt", ruft sie. Er bleibt stehen. Nicht wegen Sara, sondern weil die Wand zu Ende ist. „Es hört immer an einer Primzahl auf", sagt er. „Immer!" Dann dreht er sich langsam um und schaut seiner Freundin in die Augen. „Meinst du wirklich?", ohne zu zögern schreitet Sara an ihrem Freund vorbei und mustert das Ende der Ziegelreihe. Dann zeigt sie auf den einen, von dem sie vermutet, dass seine rote Kante die letzte in Jaitschaks Zählung, dass dies seine Reihe gewesen ist. „Du zählst immer nur eine bestimmte Reihe, Jaitschak. Dann kann es ja nicht anders enden", - „Ich wähle eine Reihe und sie endet in einer Primzahl", sagt er. In seiner Stimme schwingt Trotz mit. Sara sagt: „Das ist etwas Anderes. Es endet demnach nicht *immer* so. Lediglich die von dir unter vielen möglichen gefällte Entscheidung führte dich bisher jedes Mal an den gleichen Punkt. Das ist eine Similarität, deine Erwartungshaltung, nichts weiter. Vielleicht produziert sie das Ergebnis sogar selbst", sie blickt prüfend zwischen ihren Ausführungen und der Ziegelkante hin und her, bevor sie nachschiebt: „So etwas gibt es."

Noch bevor sie ein Beispiel heranziehen kann, widerspricht er: „So etwas gibt es nicht!" - „Du sagst doch selbst, du hättest den Eindruck, es würde *immer* gehen", kontert Sara. „Tut es auch!" - „Dann kann es sich auch selbst produzieren, so wie bei selbst erfüllenden Prophezeiungen!" Sein Blick ermahnt sie: „Also mal ehrlich: Eine Wahrsagerin bist du nicht, und in einer Legende befinden wir uns nicht, und...", „Woher willst du das so genau wissen? Deiner Primzahlentheorie nach geht etwas immer", Jaitschak hebt ermahnend den Finger - vielleicht ist es auch beginnende Abwehr: „Dann wählst eben *du* eine Reihe, und wir beginnen zu zählen. Somit habe ich meine Fuchtel nicht im Spiel, es ist deine Reihe, und du kannst dich davon überzeugen. Ich werde Recht behalten." Damit lässt er sie die Augen schließen, ihre Arme vor sich ausgestreckt, bis sie eine beliebige Ziegelkante berühren. Sara zählt. Sie beginnt damit, bevor er seinen letzten Satz beendet hat. Sie ist sicher, dass sie ihn überzeugen kann. Überzeugen ... wovon? Abrupt öffnet sie die Augen und schiebt seine Hände von sich, die ihre Arme halten. „Hör auf abzulenken!", sagt sie und registriert, dass ihre Wut trotz aller Bemühung durch die Anteilnahme klingt. Also kann sie auch weitermachen: „Sag es mir", flüstert sie nachdrücklich. „Bitte!"

Sie erkennt sofort die steinerne Entschlossenheit in Jaitschaks Blick. „Erst, wenn du dich auf meine Ebene begibst", bestimmt er. Sara zögert. Ihr wird nicht ganz klar, welche Ebene ihr Freund meint, wenngleich sie bis eben überzeugt davon war, dass es die enthusiastisch an die Primzahl glaubende Immer-Ebene sein sollte, die er zu ihrem gemeinsamen Spielgrund erkoren hatte. Und so beginnt sie folgsam zu zählen, geht seinem absurden Angebot nach, ihrer Bitte stattzugeben, wenn sie nur weiter mache. Sie will seine Idee, die Immer-Ebene, in Frage stellen, sie laut mit Jaitschak diskutieren ohne die Ziegel zu berühren, weil sie nur dann, wenn sie sich im gemeinsamen Etwas-an-seinen-Kanten-auseinander-Ziehen mit den Dingen beschäftigen, dasselbe tun und sich auf einer Ebene befinden. Manchmal muss er etwas dafür tun, ein anderes Mal sie selbst, und eigentlich ist sie auch dran, aber mit ihm fühlt sie sich immer ein wenig mittendrin in Zuviel, von dem sie nur selten genug bekommt, nur ein bisschen Etwas, das sie nicht ist, so wie die Zählerin der Ziegel, so wie die Primzahlüberführerin - das ist sie nicht, er hat's erfunden. Würde er das eingestehen, ließe sie sein Immer durchgehen und würde es als rhetorische Finte gelten lassen. Es macht ihr keinen Spaß, ihren Freund zu überführen. Darum wiederholt sie mit seitlichem Blick auf die grauen Fugen: „Sag es mir. Bitte!" - „Zähl weiter", Jaitschak bleibt unbeirrt, Sara erkennt die tiefen Furchen neben seinem Mund, gegen die sie noch nie eine Chance gehabt hat. Sie nicht und auch kein anderer. „29", Murmelt sie leise, während sie stehen bleibt. Der Himmel vor ihnen ist hoch und weit, er berührt erst ganz weit weg von ihnen den Erdboden. Jaitschak neigt den Kopf und faltet die Hände vor seinem Schoß. Sara sieht auf den Horizont, aber sie bemerkt es trotzdem. Wut steigt in ihr hoch. *„Das ist ein Spiel!"*, denkt sie, *„wenngleich es keinen Spaß macht. Es ist ein Spiel und kein Wettstreit."* - „Was sagst du?", Jaitschak steht noch immer mit geneigtem Kopf, die Arme verschränkt und das Kinn in eine Hand gelegt. Um seine Augen spielt bereits die Vorhut seines hab-ich's-doch-gewusst-Lächelns.

„29!", spuckt Sara aus. Das Wort fällt vor ihr in den Dreck, nicht weiter. Nicht zwischen Himmel und Erde, sondern weit vor den Rand. Sara war noch nie gut im Weitspucken. „Und, ja, es ist eine Primzahl! Du hast gewonnen, okay?" - „Gewonnen?", nun kräuseln sich Jaitschaks Lippen. „Sara, ich weiß nicht, was du hast. Wer will denn gewinnen?", - „Du! Oder etwa nicht? Du willst Recht behalten, nur darum geht es!" Die Züge ihres Freundes glätten sich bei ihren letzten Worten. Während Sara wütend gegen aufsteigende Tränen kämpft, und dort, wo kein Wort hinfällt, Grau zu Farbe wird, erkennt sie ihren Irrtum. Sie sieht noch eine Weile zu, wie die leere Stelle auf dem Erdboden in ihrem Blick verschwimmt, und sucht nach Worten, die sich nicht aus Scham vor ihr verstecken. Schließlich flüstert sie heraus: „Warum hast du es mir nicht gesagt, als ich dich darum gebeten habe?" Jaitschak betrachtet dieselbe Stelle im Schlamm, so als würde er ihren Irrtum darin schwimmen sehen. Allerdings ist er niemand von diesen Personen, die sagen, sie hätten es doch gesagt oder etwas doch gewusst, weil sie es besser wissen und als besser Wissende gepriesen sein wollen. Er sagt nur: „Ich war wohl zu leise." Sara weint noch nicht. Sie fragt ihn nach dem Paradies. „Weißt du, wo es ist?" - „Nein", sagt er, und sie schluckt. Dann spürt sie seine Hand an ihrer und sieht ihn an. In seinem Blick erkennt sie ein zurückgehaltenes Lächeln. „Aber ich weiß, dass es sich jeden Morgen aufbäumt um hervor brechen zu dürfen", fährt er mit weisendem Nicken auf den purpurnen Horizont fort, „und ich sehe seine Reflexion in deinen Augen jedes Mal, wenn sie sich so wie jetzt auf mich richten. Und ich mag und finde die Primzahlen, weil ich glaube, dass nur im Paradies Dinge wie sie bestehen können, die sich nur durch sich selbst und ihre größte individuelle Eigenschaft teilen lassen und durch keine andere Macht auf der Welt sonst", Sara beginnt zu weinen. „Und ich habe es dir nicht gesagt", fährt Jaitschak fort, während er ihr die erste Träne von der Wange wischt, „weil du es wusstest, bevor ich es überhaupt sagen konnte, und weil du dieses Wissen nicht ausgesprochen hören wolltest." Sara schluchzt. *Jetzt hast du es eingestanden!* Will sie ihm vorwerfen, aber die Tränen hindern sie. „Ja", sagt er, als wäre es die Antwort auf ihre Gedanken. „Aber nicht erst jetzt, sondern bereits zuvor, nur nie in Worten. Nicht in denen, die du befürchtet und so sehr herbeigewünscht hast. Sara, ich teile dir die Dinge nicht immer in Worten mit. Weißt du das nicht?" Sara schluchzt noch einmal. Dann wischt sie sich trotzig die Nase mit dem Ärmel. Ihre Schultern hängen tief, versuchen sie in den Dreck zu ziehen, den sie spüren, ja beinahe schmecken kann. „Ich will nach Hause", sagt sie und geht.

Als sie das Ende der Mauer erreicht, hört sie Jaitschak noch etwas murmeln. Sie bleibt stehen. „… nur durch sich selbst, durch die größte individuelle Eigenschaft und durch keinen anderen Menschen auf der Welt", spricht er leise für sich. Er hat sich von ihr abgewandt, sie sieht es mit einem flüchtigen Blick zurück. Seine Schultern zeigen auf die Wolken, kantig, aufrecht, stur. Sara schüttelt den Kopf und murmelt, bevor sie ihren Rückzug wieder aufnimmt, und wäre es eine Antwort: „Scheiß auf das Paradies!"

Strichmenschen

UNTER'M STRICH UND DAVOR:

Ein Augenblick mit dir reicht mir. Ich meine das ernst und wörtlich. Aber nicht so, wie du jetzt vielleicht denkst. Ein einziger Blick in deine Augen und ich hab schon wieder zu viel, muss mich abwenden. Jedes Mal wieder. Wie lange kennen wir uns? Ich weiß noch immer nicht, wer du bist. Namen kann ich dir geben und bezeichnen kann ich unsere Beziehung auch, zumindest ihre einzelnen Abschnitte. Eine Gesamtüberschrift suche ich schon gar nicht mehr. Du bist ziemlich oft fort gewesen und jedes Mal wieder gekommen. Verlassen habe eigentlich immer ich dich. Aber fortgegangen bist du. Vielleicht haben wir uns beim letzten Mal beide entfernt. Voneinander und damit auch ein kleines Stückchen von uns selbst. Immerhin warst du ein Teil von sehr Vielem in meinem Leben: Gedanken, Sätze, Erfahrungen, Gefühle, Worte, Träume und Freunde - es war eine Menge, an dem du Anteil nahmst. Ob das der Grund war für ... was eigentlich? Gestritten haben wir uns nicht, oder? Du konntest es nicht, und ich habe darum gebettelt.

Erinnerst du dich an unsere ersten Abende? Ich bei meinen Eltern zuhause, du in deiner ersten eigenen Wohnung, wir beide mit dem Telefonhörer, du zusätzlich mit einem Glas Rotwein in der Hand. Ich glaube, ich habe dir ziemlich viele Vorwürfe gemacht und dich fast jedes Mal angeschrien. Das konnte ich sehr gut damals, und irgendwie hast du es über dich ergehen lassen. Vielleicht dachtest du auch, das sei Liebe.

Immer, wenn ich von dir träume, beiße ich mir im Schlaf auf dieselbe Stelle meiner Lippe. In den letzten Tagen ist die Stelle wund und störend. Vor ein paar Jahren habe ich versucht, dich im Schlaf zu erreichen. Ich hatte von außerkörperlichen Erfahrungen gelesen und ein paar Übungen in einem Buch gefunden, mit denen man beim Einschlafen aus dem Körper fahren sollte. Ich solle mir ein

Ziel suchen, schrieb der Autor. Ich wählte dich und strengte mich an. Aber wer kann schon einschlafen, wenn er seinen Geist angestrengt zu bewegen versucht? Ich glaube übrigens nicht, dass ich jemals bei dir angekommen bin. Falls doch, entschuldige ich mich hier und jetzt für die nächtliche Störung. Ich weiß, dass es lächerlich war, und ich wollte auf keinen Fall in deinem Schlafzimmer spuken.

Ich kann niemanden nennen, der mir so oft von neuem und zum ersten Mal begegnete wie du. Keine Ahnung, wie du das gemacht hast. Vielleicht bin auch ich dir nicht nur einmal zum ersten Mal begegnet. Vielleicht beruht alles auf Gegenseitigkeit. Immerhin schriebst du über mich. Ein wenig verzerrt, ja, aber das ist die Freiheit des Künstlers. Ich für meinen Teil habe nie über dich geschrieben. Lange und oft habe ich versucht, nicht einmal an dich zu denken. Ich glaube, wenn ich über dich sprach, war ich jedes Mal angetrunken und sehr müde, von allem. Meine Freunde kennen Details über dich, und doch bist du ihnen nie begegnet. Dein Name ist ihnen geläufig, weil sie ihn so oft hörten. Irgendwann einmal habe ich behauptet, du seist die perfekte Kombination aus allem. Ich weiß selbst nicht mehr, was ich damit meinte. Aber dieser Satz scheint dich noch immer als einziger zu erfassen, denn genau genommen hat mir an dir nie etwas gefehlt, sondern im Gegenteil warst du zu viel auf einmal. Ich bin ein Pedant. Ich drehe meine Shampoo-Flaschen auf dem Regal mit dem Etikett nach vorn und sortiere meine Gewürze in alphabetischer Reihenfolge. Kein Wunder also, dass ich dich immer wieder loszuwerden versuchte, wenn du mir zu nah warst. Wärst du eine Shampoo-Flasche, klebten auf jeder deiner Seiten mehrere Etiketten. Das hat mich einfach überfordert. Und ich mag Herausforderungen, wenn sie sich in absehbarer Zeit bewältigen lassen. Wie hätte ich dich bewältigen sollen? Und was hättest du gesagt, hätte ich deine Etiketten gerade zu rücken versucht?

Ich habe oft überlegt, ob ich mich bei dir dafür entschuldigen soll, dass du mich so in Rage brachtest. Aber viel lieber würde ich mich irgendwann bei dir bedanken. Ich bin sicher, dass nur du eine solche Geste genau richtig verstehst. Lange Zeit war ich nicht sicher, ob unser letzter funkensprühender Abschied der endgültige war. Es ging wieder einmal um alles gleichzeitig. Vor allem aber habe ich mit aller Kraft versucht, *die Welt in meiner Nussschale zu schützen, während du die Risse ihrer Schale zähltest,* wie du einmal so treffend in einem deiner Gedichte schriebst. Ich konnte dich für diese Einblicke in meine Welt so intensiv hassen! Je mehr du von mir erkanntest, desto mehr habe ich dich gehasst. Weil du mich verstanden hast. Noch bevor ich selbst etwas über mich wusste, hast du mich mit der Nase darauf gestoßen. Auf deine ganz eigene Art und vielleicht sogar ohne es zu merken. Ich habe mich von dir in meinen Gedanken so oft ertappt gefühlt. Wenigstens einmal wollte ich diejenige von uns beiden sein, die eine scharfsinnige Entdeckung macht. Aber du warst immer schneller. Selbst in meinem Kopf.

Wenn ich dir nach den Erdbeben zwischen uns wieder begegnete - das war immer ziemlich genau sechs Monate später -, legte sich in mir ein Schalter um. Ich begann innerlich zu rotieren und alles gleichzeitig zu tun und zu sagen, weil unsere gemeinsamen Zeiten bisher immer unerwartet und früh wieder endeten. Es will wohl überlegt sein, wofür die wenigen Minuten, Stunden oder Tage genutzt werden sollen. Mein inneres Vibrieren war genau das Gegenteil von dem, was auf dem Foto zu sehen ist, das du damals, nach dem Frühstück auf dem Dach, von mir machtest. Und doch stellt es die gleiche innere Situation dar. Es war unsere erste richtige Verabredung, und ich habe stundenlang wie angenagelt auf einem Stuhl gesessen, so sehr du mich auch gelockt hast. Ich war einfach nicht in der Lage, mich in deiner Gegenwart zu bewegen. Ich hatte wohl Angst dich zu verschrecken. Solche Vorahnungen haben die Eigenschaft, wahr zu werden.

Die aktuellen sechs Monate seit unserer letzten Begegnung dauern schon einige Jahre an. Ich habe eine Menge an Puzzlestücken der Erinnerung verloren. Ich weiß nicht einmal, ob ich die behalten habe, die mir einst die wichtigsten waren, aber ich denke, viele von ihnen habe ich verbrannt, damals, mit all den Briefen und meinem Geburtstagsgeschenk von dir. Ich sehe das fackelnde Bündel noch heute vor meinem inneren Auge im Abendrot den Fluss hinunter treiben. Irgendjemand fragte mich neulich, ob ich es bereue. *Nein*, habe ich gesagt. Warum auch? Es wird mich nie wieder jemand dazu bringen, einen ganzen Lebensabschnitt in Brand zu setzen. Wenn ich jetzt daran denke, ist Reue das letzte, was ich dabei empfinde.

Über'm Strich und danach:

Ob ich Schuld war? Sicher. Ich käme nicht im Traum auf die Idee das abzustreiten. Allerdings habe ich mich deswegen niemals im eigentlichen Sinne schuldig gefühlt. Ich weiß einfach nur, dass ich es war. Alles vor dieser Erkenntnis ist zu verworren, meinst du nicht? Was weiß ich denn schon, welche Gründe ich damals hatte, und vor allem: Was weißt du schon? Nichts.

Nur ist jetzt Farbe eingekehrt. In unseren ersten Tagen gab es keine. Schwarzweißbilder von uns und Musikkassetten mit den Alben von „Rage". Das ist es für mich. Brötchen auf einem Hausdach mit Blick auf die Förde und den Sonnenaufgang über dem Meer. Ich versuchte an diesem ersten Tag mit dir, mich nicht allzu lächerlich zu benehmen. Ich behaupte immer wieder, ich hätte mich früher nie gedatet. Stimmt ja gar nicht.

Und Stille. Gespräche gibt es zwischen uns keine in meiner Erinnerung. Wenn Worte flogen, dann in Wut und aus meiner Richtung. Ich hab niemals versucht zu lernen, wie man mit dir in Ruhe spricht. Ich habe dir immer nur geschrieben.

12 Sekunden

In den letzten Nächten waren meine Traumbilder irritierend und dunkel, nicht schlecht, aber mit einem bitteren Nachgeschmack beim Aufwachen und von dem Bedürfnis begleitet, meinen Rücken ganz nah an die Wand zu pressen um sicher zu sein. Ich glaube an Vorahnungen, genauso wie an Geister, Engel und Dämonen. Ich hasse die Geisterjägerserien aus dem Fernsehen, weil sie die Wesen, die gejagt werden, unrealistisch darstellen, um sie für den unwissenden Zuschauer zuhause verständlich zu machen. Kein Dämon springt im wahren Leben mit einem Feuerball in der Hand um die Hausecke, das ist, als würde man einen Film über Unsichtbare drehen und sie zum leichteren Verständnis sichtbar machen. Zu heute habe ich nichts geträumt. Ich bin pessimistisch. Schlechte Träume lassen mich immer gleich das Schlimmste annehmen, eine alte Angewohnheit, denn eigentlich habe ich mir nur mein Leben lang eingebildet, ein

Schwarzseher zu sein. Was bin ich denn dann? „Ich habe keine Ahnung, was das bedeutet: ‚*Pessimist*, *Optimist*', warum muss man überhaupt etwas sein, das auf ‚*-ist*' endet?", fragt Beck und sieht mich an, als müsste ich eine Antwort darauf wissen. Ich habe wohl einige meiner Überlegungen laut ausgesprochen, vielleicht auch alle. Ich lache, obwohl ich nicht weiß, warum.

Ich rede eigentlich nicht viel mit Beck, wir gehen schon seit einer halben Stunde nebeneinander her, und meistens redet er. Ich kenne mich nicht schweigend, schon gar nicht, während ich mich wohl fühle in meiner Haut, und ich fühle mich wohl, seit er da ist. Beck ist in der Firma angestellt, die bald auch mein Arbeitgeber sein wird. Er soll mich an diesem Tag herum führen und all meine Fragen beantworten. Ich wusste nicht, dass ich welche haben würde, aber nach und nach fallen mir immer wieder welche ein. Die meisten beantwortet er mit: „Das musst du nicht wissen, viele hier denken, das sei wichtig, aber eigentlich ...", nach zwei knapp erklärenden Sätzen schwenkt er dann wieder zu etwas Wichtigerem um und ich höre zu. Ich bediene die Geräte, die er mir zeigt und die ich in Zukunft brauchen werde, er korrigiert mich, während er redet, indem er mit einer Berührung an meiner Hand oder meinem Arm meine Bewegungen lenkt. Ich finde diese körperliche Nähe seltsam, ich will nicht, dass er mich berührt. Sobald er es tut, will ich nicht, dass er seine Hände wieder zurückzieht. Er tut es dennoch, manchmal sieht er mich dabei lange an, und das ist es vermutlich, was mich schweigen lässt. Er *will* mich ansehen und ich empfinde diese Beobachtung als angenehm. Ich habe nie verstanden, was Sartre meinte, als er sagte, dass sich allein durch die Motivation, dass der Angesehene Zweck eines Blickes ist, die Unsicherheit des zum Objekt Gewählten aufhebt. Ich habe den Gedanken nachvollziehen können, ich hielt seine Umsetzung nur nicht für möglich, zumindest nicht in meiner eigenen Erfahrungswelt. Jetzt denke ich: *So ist das also, wenn man gefunden, wenn das Sein vom Faktum zum Recht wird.*

Irgendwann berührt er meinen Rücken, ich spüre seine Fingerspitzen durch mein T-Shirt, alle einzeln, ich zähle sie durch, natürlich sind es fünf, aber ich lächle bei dieser Feststellung. Er zieht die Hand langsamer zurück, als er es müsste, vielleicht dehne ich die Zeit meiner Wahrnehmung aber auch nur so weit es geht. „Ich weiß gar nicht, warum ich noch suche", sagt er und beobachtet meine Handgriffe. „Wonach?", frage ich ohne ihn anzusehen. „Nach Disharmonien und Harmonien, nach Differenzen", Ich weiß nicht, warum er das sagt. Ich verstehe ihn. „Weil du Motivation brauchst. Nur dort findest du sie, im Gegensatz zu den meisten anderen Menschen bist du dir dieser Suche bewusst, das ist der Unterschied. Du *kannst* dich nach dem Warum fragen, die anderen sich nicht", Er lächelt ein ich-wusste-dass-du-das-sagen-würdest-und-es-gefällt-mir-Lächeln. Dennoch frage ich mich für einen Moment, ob er sich über mich lustig macht, bevor ich ihm in den nächsten Raum folge.

Ich habe Beck vor ein paar Wochen kennen gelernt, damals wusste ich nicht, dass ich ihn wieder sehen würde. Ich saß mit einer Freundin in einem Straßencafé und er setzte sich zu uns, sobald er uns sah. Er stellte sich mir nicht vor, sondern fragte: „In was für einem Sternzeichen bist du geboren?", - „Skorpion", antwortete ich, und auf meinen fragenden Blick hin sagte er: „Ich bin Widder, ich mag Skorpionfrauen, sie sind so schön kompliziert, sie haben ihre eigene Logik und strukturieren sich die Welt neu, wie sie sie brauchen, aber Logik ist nur eine Illusion", - „Nein", sagte ich, „wir sehen und akzeptieren die vorhandene Welt, nutzen aber nur den Teil von ihr, der uns zum Vorteil gereicht, und ihr Widder habt immer für alles schon eine Erklärung und feste Meinung parat", Er musste lachen und gab sich mit einer beschwichtigenden Geste geschlagen.

Meine Freundin hatte mir von ihm erzählt, sie hatte gesagt: „Er würde dir gefallen", Ich dachte nicht darüber nach, ob er mir gefiel, seine Art forderte mich heraus, aber ich war bereit, mich von ihm belehren zu lassen. Während er begann, sich mit mir über fast jede philosophische Seinsfrage zu unterhalten, die einem auf Anhieb einfallen kann, schwieg sie und schmunzelte. Er hatte tatsächlich schon für alles eine vorgefertigte Meinung. Ich hinterfragte jede einzelne davon. Ich wollte herausfinden, ob er nur mit Bücherwissen um sich warf oder wirklich wusste, wovon er sprach. Nach einer langen Pause sagte er: „Ich könnte dich lieben, weil du schön bist, weil ich dein Lachen mag, oder weil du so intelligent bist, ... aber dann würde ich nicht *dich* lieben, sondern nur die Bedingungen, die du zu erfüllen bereit bist, einfach, weil ich ihre Erfüllung von dir verlangen kann. Wenn ich dich aber um deiner selbst willen liebe, unabhängig von all dem, was dich ausmacht, nur dann liebe ich *dich*. Diese Liebe ist es, auf der sich Existenz gründen lässt",

Ich konnte meinen Blick nicht von seinem lösen, ich fragte mich, ob dieser Fremde mich lieben konnte, und rezitierte still: *Aber wenn der Andere mich liebt, werde ich das Unüberschreitbare, was bedeutet, dass ich der absolute Zweck sein muss.*[1] Ich *bin*, weil du mich liebst, weil du der Grund meines Objekt-Seins bist. Beck sah mich noch immer an, als würde er eine Antwort erwarten. Ich wollte aussprechen, was ich dachte, ich wollte ihm sagen, dass ich gern meine Faktizität von ihm begründen lassen würde, dass ich mir wünschte, er würde mich aus meiner Freiheit befreien. Ich drehte mich abrupt zu meiner Freundin, nahm meine Tasche und sagte: „Das war doch ein schönes Schlusswort! Wir sollten gehen, wir haben noch ein paar Dinge zu erledigen", Hatten wir nicht, aber sie verzog keine

---

[1] J.P. Sartre, Das Sein und das Nichts, 646

Miene und widersprach nicht. Erst, als wir ein paar Meter gegangen waren, bemerkte sie beiläufig: „Ich habe doch gesagt, er würde dir gefallen".

Zwei Stunden nach dem Firmenrundgang sitze ich in meiner Küche, rauche und telefoniere mit meinem besten Freund Mick. Ohne eine Begrüßung sage ich in den Hörer: „Ich habe jemanden kennen gelernt, in den ich mich gern verlieben würde". Ich habe mir das gut überlegt, den Gedanken hatte ich zum ersten Mal im Bus auf dem Heimweg. Mick sagt ehrlich begeistert: „Das ist ja spannend! Erzähl mal!", Ich puste den Rauch in den Telefonhörer. „Da gibt's noch nichts zu erzählen, die Möglichkeit besteht erst seit heute". Mir wird klar, dass ich ihm das nur mitgeteilt habe, um es mich laut sagen zu hören. Ich will sicher gehen, dass ich das könnte: mich auf eigenes Geheiß verlieben in einen Ausgesuchten. „Ist das eine schöne Geschichte, oder wirklich passiert", fragt er. Ich halte die Luft an. Ist das nur eine Geschichte? Auf einmal kommt es mir unwirklich vor, Becks Finger auf meinem Rücken, sein Lachen im Gang, sein Kopfschütteln, als wäre ich eine sonderbare Erscheinung, die ihn amüsiert, unsere Dialoge. „Ich weiß nicht", sage ich.

„Vorhin war es noch wirklich". *Solche Dialoge gibt es nicht in Wirklichkeit*, denke ich. „Wie ist er denn so?", fragt Mick. Ich bin ihm dankbar dafür. „Er lässt mich Dinge sagen, die mir gefallen, und lässt mich still sein, und wenn er von Liebe spricht, fühle ich mich gemeint, weil er *ich* und *du* sagt und mir dabei in die Augen sieht, als würde er wissen wollen, ob ich ihn verstehe. Ich weiß nicht, ob ich das tue, aber ich würde gerne. Ich finde es seltsam, wenn er mich flüchtig berührt, und er lacht immer, wenn ich das Wort ‚seltsam' gebrauche. Er lächelt, wenn er mir begegnet, als wisse er etwas über mich, und er sagt, dass ich weiß, was er fühlt. Vielleicht tue ich das sogar, und auch das ist seltsam. Aber es gefällt mir, dass er alles zu wissen scheint, obwohl er nicht mit allem Recht hat. Er erstaunt mich, und ich bin sicher, dass er auch darüber lacht. Er ist liiert, und ich muss mich von ihm fernhalten, weil er bereits begonnen hat mir gefährlich zu werden". Ich habe all das gesagt ohne Luft zu holen. Ich nehme einen Schluck Rotwein, ich habe keine Lust, noch etwas zu sagen. „Wow!", haucht Mick. „Das wird eine Wahnsinnsgeschichte, ich will sie unbedingt lesen, wenn du sie fertig hast!" *Ja, eine Wahnsinnsgeschichte,* denke ich, *mehr nicht?* „Ich muss Schluss machen". Ich drücke die Zigarette aus. „Er erinnert mich übrigens an Sartre", - „Wirklich?", – „Wirklich". Sobald Mick aufgelegt hat, denke ich über seine Worte nach, seine Frage nach Realität und Illusion. Ich erinnere mich an alles, aber vielleicht war es auch nur ein Traum, das ist immerhin möglich. Ich habe so viel geträumt in den letzten Nächten …

Kurz nachdem ich mich von Beck verabschiedet hatte - ich hatte ihm die Hand gereicht und mich bei ihm bedankt -, war ich ihm noch einmal am Empfangstresen begegnet. Er war beschäftigt mit einigen Unterlagen, hockte sich vor eine der Schubladen und sprach mit meiner Freundin, die neben ihm an der Wand lehnte. Ich wartete auf sie und hörte dem Gespräch zu, ich hatte nicht vor mich zu beteiligen. Ich glaube, sie fragte ihn, wie es ihm gehe, oder ob er schlechte Laune habe. Er sah mich an, als müsste ich das beantworten können. Ich schwieg, und er sagte mit einem Kopfneigen in meine Richtung: „Sie weiß, was ich fühle", - „Tu ich das? Ich weiß nicht", antwortete ich, ich war nicht einmal überrascht über seine Unterstellung. Natürlich *wusste* ich, was er fühlt, aber warum wusste *er* das? „Doch, tust du, aber nicht mit deinem Verstand. Ich weiß nicht, wie sehr du auf dein intuitives Wissen zu hören bereit bist, ihr Skorpionfrauen neigt dazu Vernunftmenschen zu sein", - „Sie stellt diesbezüglich eine Ausnahme dar". Ich hörte, wie meine Freundin es sagte, sie grinste mich an. Half sie mir? Und falls ja, wobei? „Ich versuche, Gefühl und Verstand in Einklang zu bringen, es ist ein nie enden wollender Selbstversuch", fügte ich hinzu. Irgendetwas musste ich schließlich sagen, ich wollte nicht plump wirken, und außerdem wurde mir klar, dass es stimmte, als ich es aussprach. Er hatte noch immer nicht gefunden, was er suchte, stand auf und blätterte in einer Akte, er sagte: „Ah, das ist gut", meine Freundin und ich waren bereits den Gang hinunter gegangen, als ich ihn irgendetwas von Logik murmeln höre. Ich drehte mich im Gehen um und rief: „Logik ist eine Illusion!", Er lachte ohne hoch zu schauen.

Knapp achtundvierzig Stunden später beugt er sich zu mir herab. Ich sitze auf der Dachterrasse, er legt seine Arme auf meine gekreuzten Beine, sieht mir in die Augen. Ich sollte wegsehen, aber ich möchte nicht. Ich habe Angst, dieser Moment der Nähe könnte niemals überboten werden. Er wendet sich und blickt meiner Freundin hinterher, die gerade geht, er sagt: „Du freust dich mich zu sehen. Das war bei unserer ersten Begegnung nicht so. Aber jetzt freust du dich." Er lächelt mich an. Ich bin schon wieder irritiert von seiner Direktheit, ich frage: „Welches erste Mal?" Ich weiß nicht, ob er das Treffen in dem Straßencafé meint. Ich möchte, dass er das Gleiche meint wie ich. Er sagt: „Darum geht es nicht. Du freust dich mich zu sehen, du fühlst dich wohl in meiner Gegenwart." Ich bin nicht sicher, ob ich ihn wissen lassen möchte, dass er Recht hat, ich will ihn nicht wissen lassen, dass er bleiben soll. Seine Stimme klingt wieder einmal, als müsste ich antworten. Ich stocke, suche nach Sätzen, ich will unbedingt etwas sagen, das nicht im Schatten seiner Worte stehen bleiben muss, das sich trauen darf, ebenbürtige Daseinsberechtigung zu fordern, unwiderruflich. Ein Kollege öffnet die Terrassentür und ruft nach ihm. Er lächelt, steht auf und folgt ihm. Ich sehe ihm nach und drücke meine Zigarette aus, er bleibt in der Tür stehen, dreht sich um: „Möchtest du nicht mitkommen? Wir könnten noch jemanden gebrauchen." Ich schüttele den Kopf, dann greife ich zu meinem Handy und tippe: *„Glaubst du, dass man schon nach zwölf Sekunden wissen kann, ob man jemanden liebt?"* Mick ruft mich an, er sagt: „Nein,

glaube ich nicht, aber ich weiß, dass du dir schon sicher warst, bevor du sagtest, er würde dich an Sartre erinnern."
Ich lege auf und fühle mich durchschaubar, aber nicht glücklich. Beck ist nirgends zu sehen, erst im Flur laufe ich an ihm vorbei, er ist in ein Gespräch vertieft und sieht mich nicht an. Dass er mich dennoch wahrnimmt, erkenne ich an seinem Lachen, außerdem spüre ich seinen Blick doch noch in meinem Rücken, als ich ihn passiere. Ich weiß plötzlich wieder, was ich geträumt habe in der Nacht, bevor ich ihn wiedertraf. Es stand etwas großes Weißes auf einem Weg, der zwischen grünen, geblümten Wiesen entlang führte, und wartete auf mich. Ich kam durch einen hölzernen Torbogen in das Gelände, von irgendwo her, wo es nichts Wichtiges mehr für mich gab. Ich wusste: da vorn, wo es weiß ist, werde ich mich freuen.

Die Göttin

Sie hatte sich gerade umgedreht und beruhigt registriert, dass es draußen noch viel zu dunkel war, um aufstehen zu müssen, da klingelte auch schon ihr Handy. Sie hasste den Klingelton, aber es war der einzige, der sie am Weiterträumen hinderte. Wenn sie nicht träumen konnte, wollte sie auch nicht mehr schlafen, das war so. Trotzdem aktivierte sie die Weckwiederholung, bevor sie sich unter der Decke noch einmal umdrehte. Dann tastete sie nach ihrer Wasserflasche. Auf dem kleinen Nachttisch neben ihrem Kopfende stand eine überdimensionierte weiße Dose mit der Aufschrift *Ibuprofen*, Solveig griff danach und schüttete sich zwei der kleinen weißen Pillen auf einmal in den Mund. Sie war kaum wieder eingeschlafen, als die blecherne Melodie sie ein zweites Mal hochschrecken ließ. Welcher Tag war heute? Donnerstag. Oder Freitag, aber da sie nicht vorhatte zur Arbeit zu gehen, war das nicht so wichtig. Sie schlief umgehend wieder ein. Gefühlte zwei Sekunden später klingelte jemand unten an der Haustür. Sie sah auf die Uhr, es war viertel vor sechs. Ihr Handy blinkte kurz und zeigte eine neue Nachricht an. Sie überflog die Zeilen mit halb geschlossenen Augen, sprang dann erschrocken auf, lief in den Flur, drückte den Summer, öffnete die Wohnungstür und rannte in ihr Badezimmer. Kurz bevor die Schritte aus dem Hausflur die dritte Etage erreichten, drehte sie noch hastig den Schlüssel herum um ganz sicher zu gehen, holte tief Luft und blinzelte müde ihrem Spiegelbild entgegen. Sie hörte, wie er die Tür schloss und sich in der Küche einen Stuhl zurecht rückte. Dann war es wieder still. Eine Weile stand sie noch da und horchte, bevor sie unter die Dusche sprang. Eigentlich hatte sie gar nicht aufstehen wollen, die Zahnschmerzen brachten sie fast um den Verstand.

Sie kannte ihn erst seit etwa einem Jahr. Wann sie sich zum ersten Mal gesehen hatten, konnte sie nicht sagen. Sie wusste den Jahrestag ihrer ersten Verabredung und die Uhrzeit, um die er sich ihr namentlich vorgestellt hatte. Sie erinnerte sich auch noch an den Knicks, den er dabei gemacht hatte, und dass sie sein Alter beim besten Willen nicht hatte schätzen können, weil sie alles an ihm für kontrovers gehalten hatte: die jugendlich freche Frisur, die stilfreie und selbstsichere Kleidung, dazu die Mimik eines kleinen Jungen gemischt mit der Höflichkeit eines Geschäftsmannes. „Dreiundzwanzig", hatte sie gesagt und dabei die Stimme hoch gezogen, als sei das eine Frage gewesen und keine Aussage. Er hatte gelacht und stolz sein richtiges Alter genannt, dass er älter als sie selbst war, hatte sie weder erwartet noch überraschte es sie. Er hatte ihr seine Karte zugesteckt und sie mit dem Text darauf beeindruckt. Mit zwei Freundinnen in Begleitung und angemessen gekleidet war sie zu seiner Ausstellung gegangen, die in seinem eigenem Atelier stattgefunden hatte, und war sich seltsam vorgekommen, so, als würde ab jetzt irgendetwas Großes geschehen. Als würde das ein Anfang sein und danach nichts mehr wie früher.

Er hatte erst am Ende der Ausstellung Zeit für sie gefunden. Seinen Familienmitgliedern hatte er sie im Laufe des Nachmittags bereits kurz vorgestellt, jedem einzelnen mit den Worten: „Das ist sie." Sie war bei diesem Satz errötet, jedes Mal wieder. Sie hatte nicht gewusst, wie er das meinte, und sie hatte nicht entscheiden können, wie viel sie ihn meinen lassen wollte. Als nur noch drei oder vier seiner engen Freunde und sie selbst übrig geblieben waren, hatte er sich zu ihr auf ein Sofa gesetzt. Er hatte mit seinem Freund gesprochen, statt mit ihr, er hatte sie umschwärmt in das Gesicht eines anderen, während sie direkt daneben gesessen hatte, und sie hatte sich seltsam gefühlt und seit Monaten zum ersten Mal wieder gut. Dann hatte er sich ihr zugewandt, hatte sie angestrahlt, sich vor sie gekniet, einen schlichten, goldenen Ring von seinem Finger gezogen und gefragt: „Willst du mich heiraten?"

Sie hatte die Zeit angehalten, indem sie zu Atmen vergaß. Sie sah sich auf dem Sofa sitzen, sah die Gemälde um sich herum, den fremden Künstler vor sich und dessen Freund mit fassungslosem Gesichtsausdruck daneben auf der Sofalehne sitzen. Erst dieser verstörte, offene Mund hatte ihr gezeigt, dass der Moment echt war. Sie hatte die Sommerluft draußen wehen hören, die Vögel zwitschern und die letzten Feierabendpendler vorbei rauschen. Sie hörte ihre Freundin ein paar Stunden vorher sagen: „Der ist seit dem ersten Moment hin und weg von dir, ich weiß gar nicht, wieso du das so abtust." Sie sah auf den Freund, den Künstler, seine Hände, spürte, wie ihre Wangen begannen zu glühen, und ließ die Zeit wieder laufen, indem sie ausatmete. Dann holte sie tief Luft und sagte mit so fester Stimme, wie sie es konnte: „Ja!" - Er hatte gelacht und ihr den Ring angesteckt. Sie bemerkte in dem Moment, dass er nicht einmal daran gezweifelt hatte, ihre Antwort hätte anders lauten können, und er hatte geschaut wie ein Kind, das gewinnt. Sie war beunruhigt gewesen, irgendwie glücklich und irritiert zugleich. Mit der Freude gemischt hatte es sich seltsam angefühlt, und sie entschied damals, Freude im Zweifelsfall höher zu schätzen als den Rest.

Wie es danach weiter gegangen war, wusste sie nicht mehr. Irgendwann hatte sich die Richtung verändert, in die sie zusammen gingen, und damit auch die Beziehung. Irgendwann hatte sie wohl begriffen, dass andere Dinge mehr zählten als Freude, und dass das Leben zwar durchaus Geschichten schrieb, aber nur selten Märchen. Seinen Ring trug er seit einiger Zeit wieder selbst. Sie konnte nicht sagen, wie es dazu gekommen war.

Als sie jetzt mit der Zahnbürste im Mund die Küche betrat, saß er still an der Stirnseite des Tisches und blätterte in einem Ikea-Katalog. Er sah auf, sie tippte sich bezeichnend an die Stirn und warf einen Blick auf die Wanduhr über dem Elektroherd. Ihr Blick folgte seinem zu der Thermoskanne auf dem Tisch. Als würde sie keine Kaffeemaschine besitzen! Sie verzog keine Miene, sondern schickte sich an wieder ins Bad zu gehen. Er streckte ihr seine Wange entgegen und machte einen Kussmund. Sie winkte genervt ab. Er maulte etwas Unverständliches, und sie beugte sich doch zu ihm herunter und küsste die ihr entgegen gestreckte Wange mit ihrem Zahnpastamund, bevor sie wieder im Bad verschwand. Neben vielem anderen gab zwischen ihnen auch schon lange keine üblichen Grenzen mehr.

Sie hatten sich genau einmal gestritten. Sie war sich seitdem sicher, dass es in ihrer Zukunft nie wieder zu einem Streit kommen durfte. Was sie damals, ein halbes Jahr nach ihrem Kennenlernen, durchlebt hatten, war einem kalten Krieg gleich gekommen, es waren alle potentiellen Strategien und

Aggressionen auf beiden Seiten ausgespielt worden, und sie kostete dieses Wissen in vollen Zügen aus. Weil es sich anfühlte, als wäre kein Pulver mehr da. Keines zumindest, das nicht sicher verschlossen worden wäre seitdem. Solche Kriege hatte sie bisher nur am Ende einer Freundschaft erlebt, niemals an ihrem Anfang. Sie hatte geglaubt ihn zu lieben, oder er sie, oder beide einander. „Aber du hast oben herum einfach zwei Attribute zu viel", hatte er gesagt, „und unten herum eines zu wenig." Sie hatte es nicht verstanden, dass ihre Person, die ihn so begeisterte, nicht ausreichen konnte, all das auszugleichen, was zu viel war und fehlte. Damals hatte sie sich vorgenommen zu lernen, was es heißt, Kompromisse zu schließen für jemand anderen. Sie hatte annehmen wollen, dass er schwul war, hatte sich stark fühlen wollen mit ihm. „Ich kann das nicht!", hatte er gesagt und ihren Pullover nass geweint. Sie hatte sein Haar gestreichelt und wenig überzeugend geflüstert: „Ich kann das für uns beide." Genau das hatte sie geglaubt, während er das Gegenteil schon gewusst hatte. Aber darum ging es schon lange nicht mehr. So einfach sie es damals gefunden hatte, so kompliziert war es später geworden, war es auf eine seltsame Art immer noch. Sie war von Natur aus chaotisch, sie liebte dieses Durcheinander in ihrem Leben und ihren Beziehungen, solang sie selbst den Überblick behielt, zumindest die Richtung noch klar zu erkennen war, in die sich alles entwickeln wollte. Bei ihm war es anders. Sie hatte seinetwegen begonnen umzudenken und Sicherheit nicht mehr als unbedingtes Versprechen zu verlangen. In den ersten Monaten hatte sie es nicht ausgehalten. Sie hatte vor dieser Beziehung gestanden wie ein bockiges Kind und klare Grenzen gefordert, sie hatte nicht begreifen können, dass es in diesem Fall einfach keine von denen gab, die sie kannte. Er war da und er hatte nicht vor wieder zu verschwinden, aber das waren ein Gefühl in ihrem Bauch und manchmal ein Wort aus seinem Mund, mehr nicht. Und er hatte seine neu entstandene Beziehung beendet und ihr im Nachhinein gestanden, dass es ihretwegen geschehen war. Dennoch trug er seinen Ring und sie nicht. Sie verstand es nicht.

Zum ersten Mal konnte sie trotz allen Wünschens nicht einmal selbst versichern zu bleiben. Sie hatte das erstaunt und gleichzeitig achselzuckend bemerkt, als sie sich zum ersten Mal für mehrere Wochen hatten trennen müssen. Er hatte ihr nicht gefehlt, sie hatte sich nicht gefragt, ob sie ihm fehlte, sie hatte nicht anrufen und fragen wollen: „Sehen wir uns wieder? Denkst du an mich?" Sie war sich sicher, dass er das tat. Sie war sicher, dass sie sich wiedersehen und einander vermisst haben würden in dem Moment, in dem sie einander in die Arme schließen würden, aber nicht vorher, nicht während dieser Trennung. Sie war sich genauso sicher, dass, falls sie sich nicht wieder sähen, keiner dem anderen fehlen würde. Sie hatten alles miteinander erlebt, alles miteinander gefühlt und sich alles gesagt. Jeder Zeitpunkt war der richtige um zu sagen: „Es reicht. Wir brauchen einander nicht mehr." Vielleicht bildete genau diese Möglichkeit des Nichtwiedersehens die Grundlage für alles andere zwischen ihnen. Zumindest kannte sie niemanden sonst, dessen plötzliches Verschwinden aus ihrem Leben sie so wenig überrascht und doch so stark erschüttert hätte.

Als sie das letzte Mal auf seinem Balkon gesessen hatten, hatte er gefragt: „Erinnerst du dich noch an damals, als meine Tannenzapfen hier draußen explodiert sind?" Sie erinnerte sich: „Es hat in Strömen geregnet und wir wussten nicht, woher dieses laute Knallen kam." Er schwieg, und sie dachte an die gleiche Stille wie jetzt, in der sie da gesessen und einfach nur gelauscht hatten, rauchend und wahrscheinlich mit einem Glas Rotwein in der Hand, sie wusste es nicht mehr. Oft zitierten sie Dichter, Schriftsteller oder Filmcharaktere, übermittelten sich Gefühle und Botschaften auf diese Weise und wussten beide, dass der andere sie richtig verstand. Als sie ihm ihre Verliebtheit zum ersten Mal hatte gestehen wollen, hatte sie den Weg über Rilke gewählt: ‚*Wie soll ich meine Seele halten, dass sie nicht an deine rührt? Wie soll ich sie hinheben über dich zu andern Dingen?*‘[2] Sie hatte nicht wissen können, dass er Rilke kannte und liebte wie sie. Beim Lesen seiner Antwort hatte sie in ihrer Küche gesessen und auf der Stelle angefangen zu weinen. Die Tradition des bedeutungsvoll klingenden Schriftverkehrs hatte sich gehalten. Geweint hatte sie aufgrund seiner Nachrichten seit Rilke nicht mehr.

Im ersten Jahr nach ihrem Kennenlernen hatten sie Pfingsten miteinander verbracht. Zwei Tage zuvor hatte er an ihrer Tür

---

[2] Rilke, Liebeslied, Aus: Neue Gedichte (1907)

geklingelt und sie war beim Öffnen mit einer riesigen Matratze zusammengeprallt. Der Koloss in ihrem Türrahmen hatte an beiden Seiten mit je einem Arm gezappelt und unverständliche Laute von sich gegeben. Sie hatte nicht aufhören können zu lachen. Sie hatten das zugehörige Bett am Pfingstsonntag in Ermangelung eines Autos zu Fuß durch die halbe Stadt getragen. Mit dem Bettgestell und dem darin liegenden Lattenrost war die Strecke von zwanzig zügig gegangenen Minuten zu einem anstrengenden Marsch von einer Stunde geworden. Fünf Monate, nachdem sie das Bett durch die Stadt und in den vierten Stock getragen hatten, war sie in seine direkte Nachbarschaft gezogen. Es genügte ihr seitdem immer wieder, nur daran zu denken, dass jederzeit die Möglichkeit bestand, hinüber zu gehen, an seiner Tür zu klingeln und sich an seinen Küchentisch zu setzen, während er ihr einen Kaffee anbot und sagte, er hätte soeben an sie gedacht und sie anrufen wollen. Niemals war sie bei diesem Gedanken tatsächlich aufgestanden und zu ihm gegangen, sie hatte immer nur das Wissen um die Möglichkeit genossen, dass sie es genau in diesem Moment mit befreiender Leichtigkeit hätte tun können.

Unweigerlich hatten sie sich irgendwann zum ersten Mal geküsst, am Anfang, als sie den Ring noch trug. Danach hatte sie mit ihm ihren allerschlimmsten Morgen erlebt. Sie war um halb sechs Uhr morgens in ihrem Bett neben ihm aufgewacht, ihr Wecker hatte früher geklingelt als üblich, um ihr noch genug Zeit zu geben mit ihm an ihrer Seite. Sie lag neben ihm, sah erst ihn an und dann die weiße Zimmerdecke. Es war unwirklich, dass er da war. Er wachte auf und küsste sie. Dann merkte er, dass das ein Fehler gewesen war, morgens im Bett, ohne die Vertrautheit, die sie sich beide bis zu eben diesem Moment eingeredet hatten, und die am Abend zuvor noch da gewesen war. Er versuchte einen Scherz zu machen, und sie stolperte aus dem Bett in ihre Küche um ihn nicht ansehen zu müssen. Mit erreichtem Sicherheitsabstand hatte sie ihm in zittrigen Worten Kaffee angeboten. Im Gegensatz zu ihr schienen die Schmetterlinge in ihrem Bauch sehr selbstbewusst und munter zu sein. Sie hatte nicht gewusst, ob sie Angst hatte, einen Fehler bereute oder ob dieses Zittern die verhaltene Freude über etwas so Unerwartetes war. Mit aufgedrehtem Radio hatte sie die peinliche Stille vertrieben, die nach seiner Antwort entstanden war. Sie hatte sich den ersten heißen

Kaffee in ihre Tasse gefüllt, bevor die aufgesetzte Kanne durchgelaufen war, und war damit ins Bad gegangen. Es war so viel Zeit dagewesen, die sie nun nicht mit ihm verbringen wollte. Ihre Beine hatten gezittert, und sie hatte sich gewünscht, er würde erst aufstehen, nachdem sie die Wohnung verlassen hatte. Als sie den Kaffee hatte abstellen wollen, waren ihre Bewegungen fahrig gewesen, und während die Tasse auf dem Boden aufschlug, fluchte sie laut. Sie lief in die Küche um einen Wischmopp zu holen. Heftiger als nötig schlug sie die Tür des Küchenschranks zu und hörte, wie das Geschirr auf der Anrichte zitterte. Als der Pizzateller vom Vorabend neben ihr zu Boden ging, stieg sie über die Scherben und eilte mit dem Mopp in der Hand zurück an die Unfallstelle, wo sie sich mit einem festen Griff um das Heizungsrohr gerade noch aufrecht halten konnte, während ihre Füße auf dem Kaffeespiegel ausglitten. Trotz der schnellen Reaktion schlug sie mit dem Bein heftig an den Türrahmen und schrie auf. Er griff ihr gerade rechtzeitig unter die Arme, bevor sie auf den nassen Boden sank. „Danke!", hatte sie geflüstert, dann war ihre Stimme gebrochen und ihre Knie hatten kurz nachgegeben, bevor sie sicher vor ihm stand und sich ihr Shirt zurechtzupfte. Er hatte seinen Blick über die Scherben, Kaffeespritzer und ihr zerzaustes Haar gleiten lassen, die Augenbrauen hochgezogen und sich Jacke und Rucksack geschnappt. Mit einem Kuss auf die Wange und einem entwaffnenden Lächeln war er durch ihre Tür verschwunden. Seither hatte sie in ihrem Bett allein geschlafen.

Sie war im Bad fertig und hatte beschlossen, trotz Zahnschmerzen zu arbeiten. Er fuhr sie hin und hielt vor dem Firmengebäude. Für eine Zigarettenlänge blieben sie noch draußen stehen. Sie schwieg und sah in die Herbstbäume. Sie hätte ihn gerne gefragt, ob sie demnächst im Wald Fotos machen wollten, sie wäre gern mit ihm in den Tierpark zu dem weißen Hirsch gefahren, den sie so mochte. Solche Dinge fragte sie ihn nicht mehr. Irgendwann würde sie in seinem Auto sitzen und mit ihm dorthin fahren, spontan und unabgesprochen, das war immer so. „Kennst du den Tierpark hinter dem Kraftwerk?", fragte sie dennoch. Er nickte. „Da sind wir neulich dran vorbei gefahren, oder? Ist das nicht der mit dem weißen Hirsch, von dem du erzählt hast?" Sie lächelte zufrieden und sah auf die Uhr. Es wurde Zeit sich zu verabschieden.

Eine halbe Stunde später entdeckte sie in ihrem Postfach eine E-Mail von ihm. Er hatte sie bereits am Vortag geschickt. „Habe heute Morgen ein neues Bild gemalt mit Ochsenblut-Rot, Bambus und Lachs. Es heißt ‚Die Göttin'." Sie lächelte und schrieb: „Ich möchte es niemals sehen. Es gefällt mir."

Gischt

Sie saß auf der kalten Metallbank. Die Sitzfläche drückte ihr ein Gittermuster in die Jeans, und der vorbeirauschende ICE eine Abgaswolke in die Nase. Manchmal mochte sie Bahnhöfe, heute waren sie ihr egal. Dies war der dritte und sie würde noch einen vierten anfahren müssen. An dem würde sie ankommen. Eigentlich auch nur zwischenstoppen, aber länger eben. So, wie sie manchmal Bahnhöfe mochte, mochte sie auch manchmal nachhause fahren. Sie hatte ihren MP3-Player während der ganzen Fahrt noch nicht angerührt und auch keines ihrer Bücher zum Lesen aus der Tasche geholt. Es gab solche Tage. Da tat sie, was geplant war, aber keinen Handgriff außerhalb dessen. Der nächste Zug würde fünf Minuten Verspätung haben, sie las es auf der Anzeige. Den übernächsten Zug würde sie nehmen müssen.

Der Zug fuhr in den Bahnhof ein und hielt genau vor ihr. Sie hatte keine Lust, sich all die Leute anzusehen, die ein- und ausstiegen, ankamen und abfuhren. Sie tat es trotzdem, weil das nun einmal so war, wenn man an Bahnhöfen herumsaß. Als ihr Blick den eines Ankommenden traf, glaubte sie, sich an etwas zu erinnern, oder an jemanden. Ihr fiel sofort auf, dass er noch größer geworden war und dass der Bart ihm gut stand. Ein Ziegenbärtchen, wie er es damals in dem Theaterstück getragen hatte, in dem er der Teufel gewesen war. Sie hatte nie wieder einen besseren Luzifer auf der Bühne gesehen. Aber sie ging auch nicht oft ins Theater, obwohl sie das gern getan hätte. Er trug seine Haare wie früher, ein bisschen länger vielleicht, und die Brille war neu, natürlich, er konnte ja nicht seit sechs Jahren dieselbe tragen. - War das wirklich schon so lang her? Sie war seitdem nur einmal auf dem Wall an der Küste spazieren gegangen und sie hatte es gehasst. Weil er nicht dabei gewesen war und weil die Sonne geschienen hatte.

Mit ihm war sie um Mitternacht dort gewesen, ausnahmslos. Er hatte sie spät abends Zuhause mit seinem Wagen abgeholt und auf der halbstündigen Fahrt an die Küste hatten sie sich unterhalten. Jeder Kilometer schien sie bereits fortzutragen von den Verpflichtungen des Alltags, jede Kurve in dem engen kleinen Auto brachte sie näher zusammen. Auf dem Deich war um die späte Uhrzeit niemand mehr, und der Wind hob für gewöhnlich des Nachts an und kam von der See. Wenn sie ausstieg, stand sie mit ihm in der dunklen Welt, die sie so oft am Tage gesehen hatte, während sich laute Touristen unter sengender Sonne durch die Strandtore drängelten. Bei Nacht und zu zweit wirkte die Gegend verlassen, apokalyptisch und fremd. Sie gingen meist wortkarg die zwanzig Stufen den Deich hinauf, auf dessen Kamm der starke Westwind einem sofort mit einem Luftsalzgemisch den Atem verschlug. Später auf dem Wall mussten sie schweigen, das war irgendwann zu einer Regel geworden. Nachts und mit ihm neben sich war es ihr vorgekommen, als würde sie die drei Kilometer nicht in die Nordsee hinaus laufen, sondern auf eine andere Welt zugehen, deren Schwelle genau an der Spitze des Damms lag, und an der sie sich nebeneinander in die Nacht kauerten, um sich gegenseitig vor dem eisigen Wind zu schützen. Dort draußen war das Reden wieder erlaubt gewesen, und alles, was sie dort besprachen, sollte auch nur dort jemals wieder zur Sprache kommen. Sie fanden immer Neues, so wie die neue Vertrautheit, die sich zwischen ihnen einstellte, drei Kilometer weit weg von dem Rest ihres Lebens, und der dortigen, anderen Umgangsform miteinander. Hier, zwischen den letzten Möwen, denen die Nacht ebenso wenig anhaben konnte wie ihnen selbst, fanden sie zu tieferen Einsichten als es der Lärm der Welt zugelassen hätte. Einst war es seins gewesen, dieses Draußen auf dem Meer, und er hatte sie eingeweiht. Er, dem auf dem Festland so schwer beizukommen war, der mit klassischer Musik in den Ohren in der Ecke saß und Gespräche mit anderen erst begann, wenn Mussorgskys einmal begonnene *'Bilder einer Ausstellung'* in seinen Kopfhörern ausklangen, hatte ihr seine Welt eröffnet, indem er ihr sein Geheimnis verraten und sie dorthin mitgenommen hatte. Sie hatte sich zuerst unwohl gefühlt, gespannt, nervös, erwartungsvoll. Sie hatte geglaubt, etwas tun zu müssen, wie bei den anderen, die sie einluden, und etwas als Gegenleistung erwarteten. Die Realität auf dem Meer hatte sie eines Besseren belehrt. Als sie ihren Fuß zum ersten Mal auf den Damm gesetzt und den Teil von ihm beschritten hatte, der zu schmal für zwei Füße nebeneinander war, war von ihr abgefallen, was sie über die

Beziehung zweier Menschen zu wissen glaubte. Draußen auf dem Meer waren er und sie wie Eins, umgeben von nichts als Wind und den peitschenden Wellen, mit Gischt in den Haaren und Salz auf der Haut. Gesellschaftliche Normen gab es dort nicht. Sie erinnerte sich an Schweigen, an kalte Finger und an Köpfe, die an Schultern lehnten. Und sie erinnerte sich an das tosende Rauschen in ihren Ohren.

Irgendwann hatte ihr das nicht mehr gereicht. Als sie die ihr lieb gewonnene Vertrautheit aus dem Meer auf das Festland hatte holen wollen, als sie seine Hand genommen und ihn hatte küssen wollen, dort, wo nichts rauschte und peitschte, und die einzige Schwelle die des Cafés hinter ihnen gewesen war, hatte sie die Regeln gebrochen. Sie verstand das in genau dem Moment, in dem er auf der Bahnhofstreppe verschwand und sie bemerkte, dass er noch die gleichen Hosen trug wie früher. Sie hatten ihr schon damals an Land nicht gefallen. Er hatte nicht einmal gelächelt, als er sie erkannt hatte, falls er sie erkannt hatte. Aber hatte sie denn gelächelt? Sie wünschte, sie hätte mehr Zeit um ihm nachzulaufen, nur ein paar Meter, nur einen Versuch weit. Aber dies war nur ein Bahnhof, und sie hatte es so eilig wie alle anderen. Sie war damals dumm gewesen. Oder neugierig. Manchmal tun Menschen dumme Dinge, einfach so. Sie glaubte, diesen Satz neulich irgendwo gehört zu haben. Sie stand auf und setzte sich wieder, blickte sich nervös und suchend auf dem Bahnsteig um. Er tauchte nirgends wieder auf, war nirgends zu sehen. Seit wann fuhr er denn überhaupt mit dem Zug und nicht mit dem Auto? Er liebte seinen kleinen, alten, komplett unkomfortablen Wagen ohne Firlefanz doch so. Aber auch dieses Wissen über ihn war inzwischen mehr als sechs Jahre alt.

Seit dem Tag, an dem sie zu weit gegangen war, hatten sie sich nur einmal wieder allein getroffen. Zuvor hatte sie zu den gelegentlichen Verabredungen, die sie trotz Allem trafen, als wäre nichts gewesen, oder als könnten sie mit genug Zeit an Land die frühere auf dem Meer übertrumpfen, immer jemanden mitgebracht. Sie hatte dann gesagt, die beiden müssten sich unbedingt kennen lernen, sie hatte ihrem Begleiter erzählt, er würde den weltbesten Billardspieler verpassen, wenn er nicht mitkäme. Nur, um überhaupt irgendetwas als Begründung zu sagen, das nicht nach Verzweiflung und Hilfe schrie. Ihre Begleiter waren immer mitgekommen und nicht beeindruckt gewesen von dem Spiel ihres Gegenübers. Sie waren sowieso nicht beeindruckt gewesen von irgendetwas an diesen Abenden, und auf dem Damm hinaus ins Meer zu laufen hatte jeder von ihnen albern gefunden und abgelehnt. Das hatte sie erleichtert. Sie wollte das Meer nicht mit den anderen teilen. Sie hatte es nur wiederhaben wollen. Sie wollte auch jetzt noch für einen Abend so tun, als hätte sie nichts kaputt gemacht.

Zum Billardspiel mit ihm war sie darum nur noch einmal ohne Begleiter gegangen. Dabei berührte sie wie zufällig die Hand desjenigen, der ihr auf dem Festland so fern war. Es fühlte sich nicht an, wie sie erwartet hatte. Seine Hand war nicht warm, obgleich so weit weg von eisigem Wind und nasskalter Gischt. Sie war auch hier, 18 Kilometer entfernt von der Küste, kalt. Es hatte sie an toten Fisch erinnert, und sie war erschrocken darüber. Die Uhr stand beinahe auf Mitternacht, und vor der Poolhalle hatte sein Auto gestanden, mit dem er sie dieses Mal nicht plaudernd zum Damm, sondern schweigend nachhause gefahren hatte. Danach hatten sie sich nicht wieder gesehen. Sie war am nächsten Tag zu jemand anderem gegangen und hatte ein paar Jahre lang nicht mehr daran gedacht, wie es war, nachts ins Meer hinaus zu laufen und Gischt in den Haaren zu haben.

Als ihr Zug nun endlich einfuhr, setzte sie sich auf den ersten freien Platz, den sie sah, froh, dem Bahnsteig entronnen zu sein. Froh, dass sie ihn nicht hatte ansprechen können, mit der schwachen Hoffnung, dass er sie nicht gesehen haben könnte. Sie wusste, dass das Unsinn und viel wahrscheinlicher war, dass er einfach keine Lust gehabt hatte, wegen jemandem stehen zu bleiben, mit dem trotz aller Verbundenheit nichts mehr so sein konnte wie früher.

Sophia

Sophia seufzte. Wir saßen in unserer gemeinsamen Küche, die wir gestern zusammen mit dem Rest der Wohnung in einem Anfall von Reinlichkeit grundgesäubert hatten, und freuten uns über unser blitzendes Heim. Sophia schaute aus dem Fenster, ich schaute Sophia an. Ihre großen, braunen Augen spiegelten wie so oft nichts Äußeres wider, weil zu vieles hinter ihnen vorging. Seit wir zusammen wohnten, konnte ich die Gedanken hinter diesen Augen manchmal auch ohne Worte einschätzen. Sie sahen an mir vorbei in den engen Hinterhof, und Sophia sagte: „Mein Wochenende war die Hölle und ich habe mich mit Tim gestritten." Ich sagte nichts. Ich sage nie etwas, wenn Sophia beginnt, über ihre Gefühle zu sprechen. Sie braucht dafür Anlaufzeit, und wenn sie soweit ist, habe ich schon Tage zuvor an ihrem Blick gesehen, dass es zu einem Gespräch kommen wird. Dann sind als Auslöser nur ein gemeinsamer Abend in der Küche und zwei Tassen Tee nötig. Manchmal reichen aber auch einfach mein Schweigen und ihr Bedürfnis zu reden. Manchmal bin ich nur zufällig der nächste Mensch in ihrer Nähe, wenn sie sprechen will. Ich weiß das. Auch das mit Tim wusste ich bereits. Als Sophia ihm eine zweite Chance gab, sah ich ihn danach zwei Tage und Nächte lang bei uns ein- und ausgehen, bevor sie auf dem Weg in die Stadt zu mir sagte: „Tim und ich haben beschlossen, es noch einmal miteinander zu versuchen." Ich tat nicht überrascht. Ich hatte nicht übersehen, dass seine Schuhe dort standen, wo meine hingehören, und dass seine Zahnbürste in der Nacht zuvor in meinem Becher steckte. Ich hatte sie angeekelt in ihren umgetopft, nachdem ich sie eine Weile zögernd über dem Mülleimer hatte schaukeln lassen. Ich bin zu nett. Aber das alles sagte ich nicht. Ich nickte nur und wartete, dass sie mir die Details erzählte. Sophia war gerade erst von einer Reise wieder gekommen, wie ich sie schon seit Jahren zu machen vorgehabt hatte. Nicht an denselben Ort, aber in der gleichen Art und Weise. Sie wusste nicht, dass ich das wollte. Ich war beeindruckt gewesen, als sie mir von ihrem Vorhaben erzählte, und neidisch, dass das Leben ihr den Mut gab, den ich nicht hatte. Ich war froh, dass es Menschen gab, die einfach losgingen. Ich kann das nicht: keinen Plan haben. Ich habe genau den gleichen Stock im Hintern wie all die anderen, die ich deshalb verachte. Sophia hielt ich für mutig, für freier, als ich es war. Das war einer der vielen gefühlten Unterschiede zwischen uns. Wir hatten praktisch nichts gemeinsam bis auf die Hausadresse und die Haarfarbe. Zwanzig Monate lang.

Als wir gerade zwei Monate zusammen wohnten oder weniger, dachte ich eine Weile, sie und ich würden uns nichts zu sagen haben oder es würde unweigerlich in einem Streit enden. Wir hatten uns zuvor nicht groß überlegt zusammen zu ziehen, wir hatten an lauen Sommerabenden unter den zu kleinen Veluxfenstern meiner Behausung herumgesponnen und uns große Wohnungen im Internet angeschaut, mit Balkon und Einbauküche, mindestens drei Zimmern und Dielenboden. Ich hatte eine der Wohnungen Tage später mit meinem besten Freund besichtigt. Auf dem Weg zu ihm hatte ich den Verwalter mit einer Besichtigungsgruppe davor stehen sehen. Im Treppenhaus sagte Kevin: "Hier wirst du einziehen. Ich spür das." Sophia war zwei Tage später in die Wohnung gefahren und hatte unsere Meinung geteilt. Wenig später waren sie und ich bereits eine Wohngemeinschaft, die in der ersten Woche aus drei staubigen Zimmern, einer dreckigen Küche, mir und meinen Kartons bestand. Sophia war kurz nach der Schlüsselübergabe mit Tim in den Skiurlaub gefahren. Ich kniete mich am drittletzten Tag des Jahres in Flickenjeans und Malerhemd auf die Fliesen und schrubbte bei spärlicher Beleuchtung, Lebkuchen und Bier den Mörtel aus der Küche und den Handwerkerstaub von den Dielen. Am Silvesternachmittag war ich fertig. Kevin kam mit Berlinern vorbei und sagte: "Hübsch. Aber die Fenster sind ziemlich dreckig. Überall Farbspritzer." - War mir auch aufgefallen. Ich schickte Kevin gefrustet nach Hause, warf meinen Berliner weg und duschte mich im Halbdunkel für seine Silversterparty.

Eine Woche später kam Sophia und ließ sich mit dem Einziehen eine weitere Woche Zeit. Sie stellte vorerst ihre Dinge neben meine, ließ Tim und seinen Kumpel an meinem Tisch sitzen, mein Bier trinken, meine Handseife verschmutzen und im Stehen in mein Klo pinkeln. Sophia freute sich über die geputzten Fenster. "Staubig ist es hier allerdings", sagte sie und wischte den Hausstaub von einer Woche von ihrer Fensterbank. Ich dachte an die Mülltüten mit Handwerkerdreck, die ich hinunter geschleppt hatte, und sagte, die Staubtücher fände sie unter der Spüle. Ich wollte Türen knallen, wenn ich schon nicht wieder ausziehen konnte, aber ich hatte keine Tür. Der Tischler hatte die Feiertage für wichtiger gehalten als die fristgerechte Vollendung seiner Arbeit. Tim erzählte mir beim Frühstück lachend, in welcher Körperhaltung ich mich beim Schlafen befinde. Ich warf sein Duschgel in den Abfall und vergaß beim morgendlichen Brötchenkauf zufällig, dass er da war und mitessen wollte. Als ich gute Laune hatte oder es mir zu viel geworden war, schrieb ich Sophia von der Arbeit aus eine SMS: „Wir müssen heute Abend reden. Ich koche." Der für den gleichen Tag bestellte Wohnungsverwalter kam nachmittags zusammen mit mir an unserer Haustür an, um die Mängelliste in Empfang zu nehmen. Sophia und ich sprachen freundlich miteinander, während er da war. Auf dem Küchenfußboden lag ein Zettel, wie man ihn in Glückskeksen findet. Sophia sah mich fragend an, ich zuckte die Schultern. Ich halte nichts von Glückskeksen. Sie stellte den Fuß darauf, während ich den Verwalter zur Tür begleitete, und als ich wieder zurück in die Küche kam, hob sie den Zettel auf und las vor: „Humor ist Herzenskraft." - Normaler Weise hätte ich mit Ironie gekontert, aber mir fehlte der Antrieb, also begannen wir zeitgleich zu lachen. Sophia stecke das Blatt in ihre Hosentasche, ich glaube, sie hielt die Botschaft für ein Zeichen. Meine Tür bekam ich eine Woche später, an den Anblick von Tims Duschgel gewöhnte ich mich, solang er meines nicht anrührte, und er lernte wie von Zauberhand das eigenständige Brötchenkaufen.

Sophia dreht gerne laute Musik auf, Sophia ist treuer Spongebob-Fan, Sophia geht gern früh ins Bett und schläft lange. In unserem Wohnzimmer stehen zwei knallrote Sofas aus ihrer alten Wohnung, mein Aquarium wollte sie gerne dort stehen haben, wo es gut zu sehen ist. Sophia sitzt mir gegenüber auf einem der roten Sofas und sieht fern. Auf ihrem Schoß liegt ein Wirtschaftsbuch, dessen Inhalte sie für eine Klausur lernen muss. Sie sieht auf und sagt: „Ich glaube, die haben alle gar keine Ahnung gehabt. Die haben nur ihre Töpfe gegen Erdbeeren getauscht und waren glücklich." Manchmal ist sie so trocken, wie ich es mag. Ich grinse und stoße mit zwei Bloody Mary in der Hand die Tür hinter mir zu. Sophia greift ihr Glas ohne aufzusehen. Seit ein oder zwei Wochen geht es ihr gut, glaube ich. Tim habe ich schon eine Weile nicht mehr gesehen. Das Wetter ist wieder milder geworden, alles ist gelb draußen und golden und kaum windig. Wenn unten ein Auto vorbei fährt, hört man es nur leise rauschen, danach ganz lange das Rascheln der Blätter. Ich möchte den ganzen Tag die Balkontür auflassen und schweigend da sitzen. Sophia ist das zu kalt, nur manchmal, wenn sie nachdenkt, sitzt sie lange Zeit allein im Dunkeln draußen und raucht. In letzter Zeit macht sie das nicht oft, darum glaube ich, dass es ihr gut geht. "Was siehst du dir an?", frage ich mit Blick auf den Fernseher. Ich beginne ungern Gespräche. Sie sagt nichts. Ich trinke die Hälfte meiner Bloody Mary, dann gehe ich in mein Zimmer. Mein Glas lasse ich auf dem Wohnzimmertisch stehen. Ich rufe ein paar E-Mails ab, aber es ist alles nur Werbung, ich habe schon lange keine wichtige E-Mail mehr bekommen. Ab und zu ruft Kevin an. Er liegt dann meist noch im Bett und hat einen Kater. In den anderen Fällen ist es spät, und er betrunken. Eine Weile sitze ich und starre auf meinen Bildschirmschoner. Ich fülle in der Küche mein Glas wieder auf und versuche zu lesen. Nach nicht einmal zwei Zeilen klopf Sophia an den Türrahmen. "Willst mit raus kommen und eine rauchen?", fragt sie. Ich will. Ich frage sie, ob sie sich ein Video mit mir ansieht. Fernsehen verdirbt mir die Laune. Sie stimmt zu und schiebt nach: "Aber nur, wenn's 'ne Schnulze ist." Ich mag keine Liebesfilme und Schnulzen schon gar nicht, aber ich besitze ein paar auf Video, aus nostalgischen Gründen, also deute ich auf meine Auswahl. Wir könnten ebenso bei Fernsehen bleiben. Bevor Sophia und ich zusammen zogen, versuchten wir nur einmal, uns zusammen ein Video an zu sehen. Ich schrieb mir SMS mit irgendwem und schaute kaum hoch. Ich weiß nicht einmal mehr, ob wir den Film zu Ende laufen ließen. Es ging um einen dieser berühmten Superhelden, die jeder kennt. Ich mag Superhelden nicht sonderlich.

Sophia leidet an Winterdepression. Ich habe erlebt, wie ihre Stimmung sinkt, und habe sie mit Tim und mit ihrer Mutter streiten sehen. Ich habe dagesessen und ihr zugehört, wenn sie auf die anderen schimpfte. Ich habe ihr Tee aus exotischen Früchten und Schokolade gekauft. Ich habe geschwiegen, so lange ich konnte. Ich erinnere mich an den Oktobertag, an dem die Sonne noch einmal hervor brach. Ich erinnere mich, Sophia draußen sprechen zu hören, obwohl sie allein war. Seit Tagen hatte ich versucht, eine Freundin anzurufen oder meine Schwester oder irgendwen. Ich wünschte mir Tim zurück an Sophias Seite, weil er im Gegensatz zu dem Neuen wenigstens in unserer Stadt wohnte und nicht ständig die Telefonleitung blockierte. Ich nahm mir in der Küche einen Kaffee, atmete tief durch und ging zu Sophia auf den Balkon. Ich sagte, was ich dachte. Sophia sagt immer, ich rede zu wenig. Sophia sagt immer, sie könne mich nicht verstehen, wenn ich nicht spreche. Sophia hielt ihre Hand auf die Muschel und teilte mir mit, ich sei rücksichtslos und ohne Verständnis für die Gefühle anderer. Ganz kurz blitzte mir die Sonne in die Augen und ließ mich rote Punkte sehen. Ich blinzelte mehrmals, bevor ich sage: "Das war keine Bitte. Das war eine Feststellung. Ich will, dass du ausziehst. Ich diskutiere nicht darüber." Hinter Sophias großen, braunen Augen tat sich etwas. Ich schüttete den Kaffee in den Blumentopf über ihrem Kopf und sah, wie das plötzliche Plätschern sie zusammenzucken ließ. Auf dem Weg in mein Zimmer zog ich den Telefonstecker aus der Dose. Hinter mir war es noch kurz still, dann hörte ich leise

Sophias Stimme: „Hallo? Hallo? Hm. Verbindung unterbrochen."

In meiner Vorstellung sah ich sie dabei Achselzucken.

Revue

Meine Liebe,

vielleicht wunderst du dich ein wenig, diesen Brief hier zu finden. Vielleicht werden diese Zeilen, die ich in nächtlicher Stunde an dich verfasse, einmal gelesen, in einer Schublade deines Nachtschranks verschwinden, wie es in einigen der alten Filme der Fall ist, von denen wir uns so viele angesehen haben; nur, um sie in einem heimlichen Moment schließlich doch wieder hervor zu holen, weil das dramaturgisch Bewegende nicht das Echte ist, und gespielt sein will. Vielleicht werde aber auch ich diese Blätter in einem meiner Schränke verwahren, bis ich sie zufällig an einem grauen Wintertag wieder finden und mich dank ihrer all meiner Gefühle und Gedanken erinnern werde, die mit dir in einen

Teil meines Lebens traten. Es wäre nicht richtig dich in dem Glauben zu lassen, du hättest keine Spuren in mir hinterlassen. Ich bin mir nicht sicher, ob es das ist, was du von mir zu lesen erwartest, während deine Augen über diese Zeilen wandern, aber das spielt keine Rolle mehr.

Genau genommen sind wir daran gescheitert, nicht? An den Erwartungen, die nicht erfüllt wurden. Weder von uns selbst noch von unserem Gegenüber. Ich weiß nicht recht, was du von mir erwartet hast, als wir uns entschieden, unseren Weg gemeinsam zu gehen, aber ich weiß, dass mein einziger Anspruch an dich der war, dich auf unbestimmte Zeit an meiner Seite zu wissen. Wenn ich nun auf unsere letzten Monate zurückblicke, sehe ich mich allein, deinen Platz an meiner Seite leer, und wie immer in diesen Geschichten kann ich nicht ausmachen, wann ich begann, dich aus den Augen zu verlieren. Ich könnte dir Ereignisse nennen, die uns voneinander entfernten, Dinge, die unseren Blick verschleierten, Situationen, in denen wir uns entfremdeten, und Worte, die tiefe Wunden rissen. Aber das alles wären nur Zeichen, die wir nicht zu erkennen bereit waren, und die mit den Symptomen nicht zwangsläufig zusammenhängen müssen. Vielleicht sahen wir sie nicht aus Bequemlichkeit, wie all die Paare, die wir um uns herum betrachteten und denen wir unser Mitleid für einen Moment schenkten, bevor wir uns wieder unserem eigenen, vermeintlich wahrhaftigeren Glück widmeten. Vielleicht betrogen wir uns aber auch aus ehrlichem Pflichtgefühl heraus – uns selbst und dem einstmals Geliebten gegenüber.

Es lässt sich nicht vermeiden, mit der Zeit gemeinsame Pflichten zu entwickeln. Manche ergeben sich unbemerkt und zufällig, andere glaubt man bewusst herbeiführen zu müssen, um das Gefühl der Zusammengehörigkeit zu stärken. Du warst von uns beiden diejenige, die die Dinge und Aufgaben zu unserer gemeinsamen, bewussten Pflicht erkor. Auch heute mache ich es dir noch nicht zum Vorwurf, obwohl ich mich einer der Sache eigenen Skepsis wegen niemals damit anfreunden konnte.

Mit Sicherheit hätte ich all diese Worte schon viel früher an dich richten sollen, als du begannst, mir nicht mehr zuzuhören. Aber wo hätte ich damals in mir nach ihnen suchen können? Sie waren noch nicht, sie wurden mit der Zeit erst in mir. Es ist schwer, nicht wahr? Schwer, den sein zu lassen, der man ist, um nur für einen Augenblick derjenige zu sein, den der andere versteht.

Aber du fehlst mir nicht mehr. Und ich kann an dem Teil meines Herzens rühren, in dem unsere gemeinsame Zeit liegt, ohne dass es weh tut.

Ich weiß darum nun, dass ich diese Zeilen nicht nur an dich richte und du sie nie von mir erhalten wirst. Denn wie das Meer die Spuren des Wandernden Welle um Welle vom Strand wäscht, schreibe ich mir dich Wort für Wort von meiner Seele. Ich werde den papiernen Beweis nicht dir widmen. Ich widme ihn all den ahnungslos Liebenden, die die Zeilen lesen werden. Ich widme ihn ihnen in der traurigen Gewissheit, dass sie uns für einen kurzen Moment ihr Mitleid schenken, *bevor sie sich wieder ihrem eigenen, vermeintlich wahrhaftigeren Glück zuwenden werden. Vielleicht wirst auch du einer von ihnen sein, wirst ahnen, dass die geschriebenen Worte dir gelten, weil du sie als Schatten deiner einstigen Zweisamkeit im Kerzenschein eines dunklen Zimmers flackern siehst. Dennoch bin ich sicher, mein Herz, du wirst den Kopf schütteln, tief atmend, vielleicht dir eine Träne aus den Wimpern wischen und belächeln, dass du einen kurzen Moment lang glaubtest, in einem Buch, dessen Inhalte jedem gelten könnten, Zeilen nur an dich gefunden zu haben. - Weil du noch immer an mich denkst, weil auch ich in dir Spuren hinterließ, weil wir so nicht enden wollten und letztlich auch weil der, der sie schrieb, hätte ich sein können.*

Inhaltsverzeichnis

Vorbemerkung 7

Paradies 9

Strichmenschen 17

12 Sekunden 25

Die Göttin 37

Gischt 53

Sophia 61

Revue 71

Weiteres von Nicole Banik

Vom Kurs ab. Erzählungen

BoD, 2015, ISBN 9783734789786

Ein ungewöhnliches Duo Haustiere übernimmt unversehens die Kontrolle über seinen Halter und dessen Leben. Die Jupitermonde beschließen, auf die Weltraumexpeditionen der Menschheit eine gebührende Antwort zu senden. Uvm.

Nichts Besonderes. Erzählungen

BoD, 2015, in Kürze erhältlich

Aktuelle Lyrik und Prosa jederzeit auf

www.kuestenschreiber.com